Domitille de Pressensé

émilie
le grand désordre

Mise en couleurs : Guimauv'

aaaaaaah !

j'ai trop bien joué
aujourd'hui !

et je vais encore plus
m'amuser !

si je faisais un beau
dessin ?

vite, du papier !

mais, où sont mes feutres ?

zut… je ne les trouve plus !

ce n’est pas grave.
je vais jouer à autre
chose.

je vais faire mon beau puzzle.

quoi ?!

un, deux, trois, quatre,
cinq morceaux !
c'est tout ?

il en manque plein.
je ne peux même pas
y jouer !

ce n’est pas grave.

je vais construire une maison avec mes briques.

mais...

il n'y a plus de toit,
plus de fenêtre
et plus de porte !

j'en ai assez ! je ne
peux jouer à rien
du tout !

maman, j'ai perdu
plein de jouets !

cherche dans tes
affaires, dit maman.

bon, je crois que je
vais ranger un peu...

oh !

les morceaux du puzzle
étaient sous mes livres.

ah ! voilà mes feutres,
mon yoyo et ma souris.

mon déguisement
de rennes et mon jeu
de puces.

le reste du jeu
de construction.

et encore d'autres jeux
que j'avais oubliés.

je suis contente !
ma chambre est rangée

et j'ai retrouvé tous
mes jeux.

maman, viens vite voir
la surprise !

parce que demain, je m'amuse à tout déranger.

Mise en page : Guimauv'
www.casterman.com

ISBN 978-2-203-08032-4
N° d'édition: L.10EJDN001308.N001
Achevé d'imprimer en février 2014, en Italie.
Dépôt légal : avril 2014 ; D.2014/0053/200
Déposé au ministère de la Justice, Paris (loi n° 49.956 du 16 juillet 1949 sur les publications destinées à la jeunesse).